T0036347
Sana
Sana
LUCHA
Sana
Sana

With great love to two of the most extraordinary women I have the honor of knowing, Patty and Ariana. Thank you for making another one of my dreams come true.

www.LilLibros.com

Sana, sana, colita de rana
Published by Little Libros, LLC

Library of Congress Control Number 2021944888
Printed in China
Second Edition – 2023 JHP 03/23
28 27 26 25 24 23 2 3 4 5
ISBN 978-1-948066-20-4

SANA, SANA, COLITA DE RANA

Story and Art by
Citlali Reyes

Lil' LIBROS

Tina is a cheerful little girl. Tina dreams of one day becoming a great wrestler, like the ones she sees on TV.

★

Tina es una niña muy alegre. Tina sueña con algún día convertirse en una gran luchadora, como los que ve en televisión.

Every Saturday afternoon, Tina, alongside her sidekick Mister Rana, watches TV with her mom and her brother Paco. Paco loves to draw and Mom loves to sew.

★

Todos los sábados por la tarde, Tina, junto a su muñeco Mister Rana, ve la televisión con su mamá y su hermano Paco. A Paco le encanta dibujar y a Mamá coser.

When the wrestling matches on TV are over, Tina, Paco, and Mister Rana always pretend to be lucha libre wrestlers.

Cuando terminan las luchas en la tele, Tina, Paco y Míster Rana siempre juegan a ser luchadores de lucha libre.

Be careful!

¡No se vayan a caer!

It's all fun and games...

Todo es juegos y diversión...

...until Tina falls and gets a boo-boo.

...hasta que Tina se cae y se lastima.

Buaaaaaa!!!

"Girls are not good wrestlers," Paco tells her.

★

<<Las niñas no son buenas luchadoras>>, Paco le dice.

Mom holds Tina and begins to softly sing:

Mamá abraza a Tina y empieza a cantar suavemente:

Sana, sana,
colita de rana,
si no sana hoy,
sanará mañana.

Mom hopes that a little love and a delightful caldito de pollo for dinner will make Tina feel so much better.

Mamá espera que un poco de amor y un delicioso caldito de pollo para la cena harán que Tina se sienta mucho mejor.

However, Tina tells Mister Rana that she's still hurting over her brother's words.

Sin embargo, Tina le dice a Míster Rana que todavía está dolida por las palabras de su hermano.

CHA

When Mom comes to tuck Tina into bed, she sees her looking a little sad and asks her, "Are you okay? Does your knee still hurt?"

Cuando Mamá viene a arropar a Tina en la cama, la ve un poco triste y le pregunta, <<¿Estás bien? ¿Te duele tu rodilla?>>

"I'm okay. It just hurts me to know
that we girls cannot be good wrestlers."

<<Estoy bien. Solo me duele saber que
las niñas no podemos ser buenas luchadoras>>.

"There are many women who are wrestlers," Mom tells her.
"If that's your dream you can be one too."
And she sings to her one more time before bed:

<<Hay muchas mujeres que son luchadoras>>, dice Mamá.
<<Si ese es tu sueño tú también podrás serlo>>.
Y le canta una vez más para que durmiera:

Sana, sana,
colita de rana,
un beso ahora
y todo irá mejor mañana.

Once Tina falls asleep, Mom talks to Paco and lets him know that his sister is still sad about what he had said.

Cuando Tina se queda dormida, Mamá habla con Paco y le hace saber que su hermana sigue triste por lo que le ha dicho.

Paco knows what he had said was wrong and he is very sorry.
He tells Mom not to worry: he has a plan!

★

Paco sabe que lo que había dicho estaba mal y está muy arrepentido.
Le dice a Mamá que no se preocupara: ¡tiene un plan!

The plan is simple: take Mister Rana and,
with Mom's help, prepare a big surprise for Tina.

El plan es sencillo: tomar a Míster Rana y
con la ayuda de Mamá preparar una gran sorpresa para Tina.

In the morning, Tina can't believe her eyes.
Mister Rana is now a wrestler!

Por la mañana, Tina no puede creer lo que ve.
¡Míster Rana es ahora un luchador!

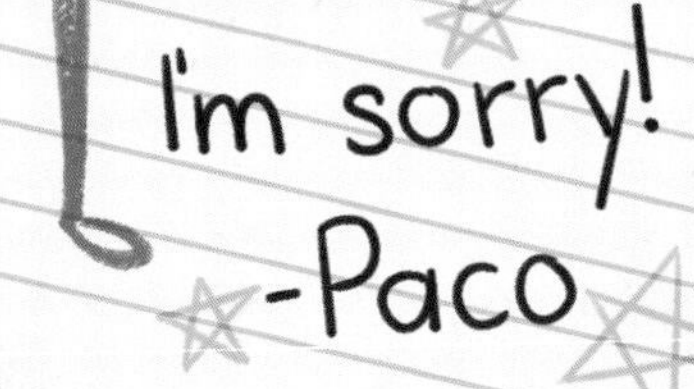

And not only that, there is a mask for her too.

Y no solo eso, también hay una máscara para ella.

Paco and Mom find Tina happier than ever.

Paco y Mamá encuentran a Tina más alegre que nunca.

With her mask on, Tina is ready to
jump back into the ring.

Con su máscara puesta, Tina está lista para
saltar de nuevo al ring.

In this corner, Tina and Mister Rana! And in the other, Paco!
Last wrestler standing wins.

En esta esquina, ¡Tina y Míster Rana! Y en esta otra, ¡Paco!
El último luchador en pie gana.

I'm fine!

¡Estoy bien!

Who fell down?
¿Quién se cayó?

Now it looks like it's Paco that needs a colita de rana.

Ahora parece que es Paco el que necesita una colita de rana.

Sana, sana,
colita de rana,
si no sana hoy,
sanará mañana.

Sana, sana,
colita de rana,
si no sana hoy,
sanará mañana.

Sana, sana,
colita de rana,
un beso ahora
y todo irá mejor mañana.

Sana
Sana
LUCHA
Sana
Sana

Sana
LUCHA
LUCHA
Sana
Sana
LUCHA
Sana
LUCHA
Sana